Joker

Susie Morgenstern

Joker

Illustrations de
Mireille d'Allancé

Mouche
l'école des loisirs
11, rue de Sèvres, Paris 6ᵉ

© 1999, l'école des loisirs, Paris
Loi n° 49.956 du 16 juillet 1949 sur les publications
destinées à la jeunesse : avril 1999
Dépôt légal : juillet 2005
Imprimé en France par Pollina à Luçon - N° L44662

Pour David Hercky
qui connaît le plus
grand joker
de tous.

En fait ils étaient contents de revenir à l'école. L'été avait commencé à se faner et l'ennui s'était introduit dans leurs longues journées chaudes. Secrètement, ils attendaient cette rentrée. Alors, même s'ils grognaient et se plaignaient, après tout, ils étaient contents. Et même s'ils avaient un petit peu peur du nouveau maître, il était grand temps de démarrer cette dernière année d'école primaire.

Il faut dire qu'ils ne s'attendaient pas à un tel maître. Il était là, assis comme une bûche à son bureau.

Charles se demanda comment c'était possible qu'un *nouveau* maître tout neuf soit aussi vieux. Maamar s'approcha pour vérifier qu'il ne voyait pas double, triple… ou quadruple. Est-ce que toutes ces crevasses étaient vraies? Les élèves se regardaient avec effroi. Ils étaient franchement, carrément et totalement déçus. Ils espéraient un jeune maître beau et sportif et on leur avait donné un gros monsieur qui ressemblait à Dieu avec des cheveux blancs qui partaient dans tous les sens, des petites lunettes posées sur le bout du nez, et un ventre qui risquait fort d'être le seul ballon qu'ils verraient de l'année.

Ils furent également surpris par

sa voix. Nina sursauta quand elle entendit cette tonalité basse et grave comme d'un autre monde. Décon-

certés aussi par les premiers mots émis par la voix. Ni «bonjour», ni «je m'appelle», ni «asseyez-vous». Simplement: «J'ai un cadeau pour vous.» Celui qui allait leur servir de maître mit un paquet-cadeau sur le bureau de chaque élève... comme s'il voulait faire oublier son physique et son âge. Il fit la distribution sans même les regarder.

Constance déchira son paquet et découvrit un jeu de cartes identique à celui des autres : un jeu de cartes, comme celui qu'on trouve dans le commerce avec les cœurs et les carreaux, les trèfles et les piques.

« Alors on va jouer aux cartes cette année ? » demanda Bénédicte à voix haute, pensant à son papy qui passait ses journées à jouer. Il lui avait appris à jouer à la belote. C'est elle qui s'aperçut la première que ce n'était pas un vrai jeu de cartes. Sur le dos de chacune était marqué JOKER. Sur la face il y avait diverses propositions. Le maître tapota sur le

bureau de Charles pour lui demander
de lire ce qui était écrit sur les cartes.
Charles se dit qu'on retournait aux
temps préhistoriques où les gestes et
les grognements remplaçaient la pa-
role. Il obéit aux ordres muets du

maître, et passa du simple étonne-
ment à l'état de choc. Il lut :

« UN JOKER POUR RESTER AU LIT

UN JOKER POUR NE PAS ALLER À L'ÉCOLE

UN JOKER POUR ÊTRE EN RETARD
    À L'ÉCOLE

UN JOKER POUR PERDRE SES DEVOIRS

UN JOKER POUR NE PAS FAIRE SES
    DEVOIRS

UN JOKER POUR OUBLIER SES
    FOURNITURES

UN JOKER POUR NE PAS ÉCOUTER
    LA LEÇON

UN JOKER POUR DORMIR EN CLASSE

UN JOKER POUR COPIER SUR LE VOISIN

UN JOKER POUR NE PAS ALLER
    AU TABLEAU

UN JOKER POUR NE PAS FAIRE UNE
    PUNITION

U<small>N JOKER POUR MANGER EN CLASSE</small>

U<small>N JOKER POUR FAIRE DU BRUIT.</small> »

Charles n'en croyait pas ses yeux ni sa propre voix. Il se mit à toussoter. Le maître fit signe à Bénédicte de continuer la lecture :

« U<small>N JOKER POUR CHANTER À TUE-TÊTE
À N'IMPORTE QUEL MOMENT</small>

U<small>N JOKER POUR DANSER EN CLASSE</small>

U<small>N JOKER POUR QUITTER LA CLASSE</small>

U<small>N JOKER POUR FAIRE LE CLOWN</small>

U<small>N JOKER POUR DIRE UN MENSONGE</small>

U<small>N JOKER POUR FAIRE UN BISOU
AU MAÎTRE.</small> »

C'est là que Bénédicte craqua. Le maître fit signe à Maamar de lire à son tour :

« Un joker pour faire un câlin
   à qui on veut

Un joker pour prendre son temps

Un joker pour une récré interminable

Un joker pour oublier ses livres
   en classe

Un joker pour allonger les vacances

Le joker des jokers. »

À la lecture des jokers, les élèves étaient stupéfiés et surexcités mais l'année scolaire venait juste de commencer et il était définitivement trop tôt pour faire du bruit. Et puis la grosse voix fit tout un discours : « Je m'appelle Hubert Noël. Depuis que je suis tout petit – et autrefois j'ai été petit –, on m'appelle le père Noël. C'est pour ça que je suis devenu instituteur: j'adore faire des cadeaux. J'ai l'intention de vous faire des cadeaux tous les jours. Cadeau de tout le programme, cadeau des livres, cadeau des techniques, cadeau des conjugaisons, cadeau des mathématiques, cadeau de la science, cadeau de tout ce que la vie m'a donné, y compris les cataclysmes!

— Qu'est-ce que ça veut dire "cataclysme", monsieur? demanda Constance.

— Bon, dit-il en prenant le dictionnaire. Voici encore un cadeau magique. Dans ce livre il y a la clef de tous les mots.» Il passa le dictionnaire ouvert au C à Constance. Elle comprit qu'il voulait qu'elle lise: «Cataclysme: grand bouleversement,

destruction causée par un tremble-
ment de terre, un raz de marée, une
tornade.» Il n'y eut que Charles qui

fut assez près du maître pour l'entendre chuchoter d'une voix triste : «Ou la mort d'un être proche et aimé.

Utilisez ce mot trois fois et je vous en fais cadeau, il est à vous !»

Charles n'était pas dupe. Il savait que ce n'était pas tous les jours qu'on pouvait utiliser le mot «cataclysme».

«Vous pouvez ranger vos jeux de jokers. Je vous invite à vous en servir en cas de besoin. Tout de suite, je vous offre un autre cadeau.»

Il distribua encore un paquet-cadeau. Les élèves purent constater qu'ils avaient tous le même livre : *David Copperfield* de Charles Dickens. C'était un gros livre écrit serré, sans illustrations, peu appétissant, même dégoûtant.

« Mais c'est pas un cadeau, monsieur, c'est écrit : " Propriété de l'école Paul-Éluard ".

— Même si ce livre ne vous appartient pas légalement, le livre est à vous à partir du moment où vous vous l'appropriez, c'est-à-dire du moment où vous le lisez. Je vous fais cadeau de l'histoire, des personnages, des mots, des phrases, des idées, des émotions. Une fois lu, tout ça sera à vous, pour toute la vie.

« Je vais commencer à vous le lire et vous le finirez pour la fin de la semaine. »

Bénédicte ne put s'empêcher de crier : « C'est impossible ! » Elle dé-

clencha une révolte à peine moins
forte que la Révolution française.
Tout le monde cherchait, sans le
trouver dans son jeu, UN JOKER POUR
NE PAS LIRE UN LIVRE. Le maître n'y
fit pas attention. Il se mit à lire
comme un acteur de la Comédie-
Française :

« *Puisque je dois être le héros de ce livre, je dirai tout d'abord que je suis né — du moins me l'a-t-on affirmé — un certain vendredi, à minuit. C'était à Blunderstone, dans le Suffolk. Les gens de ce pays croient fermement que les enfants nés un vendredi, en pleine nuit, sont destinés à être malheureux dans la vie et aussi qu'ils auront le privilège de voir des fantômes et des revenants.* »

Ils écoutèrent attentivement. C'était toujours ça de pris sur la lecture silencieuse.

À midi, les membres de la classe ne savaient pas s'ils étaient contents ou pas. Oui, sûrement, mais ce maître était trop bizarre. Il ne les accompagna pas à la cantine, comme pour épargner son énergie. «Adieu la gym!» dit Laurent avec amertume.

Mais le maître vint à la cantine à la fin du repas offrir encore un cadeau à chaque élève – et pas seulement aux siens – une brosse à dents avec un tube de dentifrice. Et il les conduisit aux toilettes pour veiller à ce qu'ils s'en servent en faisant une démonstration. «Les dents sont des bijoux. Conservez-les!»

Ce fut Charles le premier à utiliser un joker. En pleine leçon de maths, il osa chanter «Allô, maman, bobo». Le maître vint encaisser le joker, arrêta la leçon, distribua les paroles et annonça: «On va tous chanter!»

«*Allons enfants de la patrie*
Le jour de gloire est arrivé.»

«On ne comprend rien, maître! dit Serge.

– On n'a pas besoin de tout comprendre. On a besoin de s'en inspirer.»

Charles passa la moitié de la nuit à lire *David Copperfield*. Il ne pouvait pas s'arrêter et, en plus, l'auteur

s'appelait Charles comme lui. Peut-
être viendrait-il en classe parler avec
eux comme l'écrivain de l'année
d'avant. Le matin, il était trop fatigué
pour se lever. «Je ne suis pas obligé,
maman. J'ai un joker.» Sa mère
n'était pas convaincue, mais Charles
insista tant qu'elle finit par céder.

À 10 h 30, il eut envie d'aller en
classe. Il y alla – donnant son joker
pour entrer. Au moment où il le
déposa dans la main du maître, il
comprit avec tristesse qu'il venait de
le perdre. Il chuchota à Bérangère :
«Tu me donnes ton JOKER POUR RES-
TER AU LIT contre tout ce que tu
veux ?

– D'accord ! Je te le donne contre
trois autres !»

Charles accepta et lui en remit trois au hasard.

À la fin d'une autre semaine bizarre, Laurent dit : « Il aurait dû nous donner UN JOKER POUR FAIRE DE LA GYM ! »

« J'aurais aimé UN JOKER POUR AMENER SON CHIEN À L'ÉCOLE », dit Charles. Il avait déjà dépensé presque tous ses jokers, alors que Bérangère en avait de plus en plus grâce au marché noir.

Laurent, lui, avait rangé précieusement tous ses jokers dans son cartable. Il les sortit, en chercha un, et se mit à danser frénétiquement en plein milieu de la leçon d'histoire, histoire de bouger un peu. Le maître prit le joker, écarta les tables et dit :

«Je vais vous apprendre à danser le rock'n'roll.» Il brancha le lecteur de CD au niveau sonore le plus fort et, tout seul au centre de la salle de classe, il se mit à tourner comme un derviche.

Ce n'était peut-être pas le meilleur moment pour la visite inattendue de la directrice. N'empêche qu'il eut l'air heureux de la voir. Elle semblait être exactement la partenaire de

rock qu'il cherchait. Il prit sa main, enlaça sa taille de son bras et l'entraîna bien contre son gré dans la danse.

Elle le repoussa avec une telle force que le gros maître bascula contre les tables, ses lunettes tombèrent par terre et le bouton de son pantalon fut projeté en l'air.

«La directrice est un cataclysme! cria Constance, contente de pouvoir enfin caser son mot.

— Je veux vous voir immédiatement!» dit la directrice.

La directrice, Mme Incarnation Perez, n'était aimée de personne, sauf de son mari qui ne s'en était pas si mal sorti en mourant. Mme Perez vivait donc seule dans l'appartement de fonction de l'école, sans enfants, sans animaux. Personne ne l'avait jamais vue sortir le dimanche. Ce qu'elle faisait du matin au soir entre ses quatre murs était un mystère. Peut-être passait-elle son temps à chercher de nouvelles méthodes pour semer la terreur. Elle était détestée à l'unanimité à l'exception de ce pauvre M. Noël, qui était, bien que vieux, trop neuf. Il n'avait pas encore eu le temps de l'observer ni d'écouter les histoires des autres instituteurs.

En un mot, Incarnation Perez était folle. Elle avait peut-être ses raisons. Elle faisait subir aux maîtres et aux élèves de l'école Paul-Éluard une discipline militaire. Tout le monde savait qu'il y avait intérêt à obéir.

Mais Hubert Noël n'avait peur

de rien… ou presque, mais pas d'Incarnation Perez. Il avait appris après bien des déboires que la vie, en fait, ce n'est pas si grave. Qu'est-ce

qu'elle aurait bien pu lui faire? Qu'est-ce qu'il risquait? Les seules choses qui lui faisaient peur, c'étaient les choses abstraites comme la haine. Non, lui, il visait toujours l'autre cime : l'amour. Et Incarnation Perez avait beau approcher la soixantaine, elle était encore mignonne. Il était content d'avoir pensé à lui apporter une bonne petite bouteille pour faire connaissance. Il frappa donc à sa porte.

Elle ne l'invita pas à s'asseoir. Il était 16 h 45. Elle lui lut de sa voix sèche et monotone les statuts de l'école et le Code civil sur les lois du travail. Il ne put pas placer un mot. Il n'écouta pas non plus. La station debout lui était pénible. Quand elle eut fini, elle se leva et ouvrit la porte pour l'expulser. Il sortit, la bouteille toujours à la main. Il ne voulait pas y retourner. Il rentra chez lui et la but en entier.

Une fois par semaine, M. Noël avait l'habitude d'emmener les élèves en promenade. Ce n'était pas la gym tant espérée par Laurent, bien au contraire. Ça faisait partie de ce que M. Noël appelait « les épreuves – ou le stress – de la vie ». Aujourd'hui, l'épreuve se nommait : « Envoyer une lettre de la poste ». À l'approche de Noël, les élèves n'avaient pas eu de mal à trouver des destinataires pour leurs cartes de vœux ou leurs paquets. Ils virent que la poste centrale de leur ville était gigantesque avec ses rangs de sièges vissés au sol. M. Noël montra le distributeur de

numéros. Chacun en prit un. Il y
avait tellement de monde, que, en

dépit du nombre de sièges, il n'y en avait plus pour eux. Ils attendirent donc debout, guettant sur un petit écran l'apparition de leur numéro. Poireauter, être nulle part, mortel ennui. Maamar en profita pour chanter un tube en arabe. Il avait toujours ses jokers en poche. Constance essaya de faire une danse du ventre. Les gens les regardèrent comme s'ils s'étaient échappés du zoo. Quand tout le monde fut enfin passé au guichet, M. Noël leur dit : « Vous voyez, c'est dur d'attendre son tour. Il faut beaucoup de patience dans la vie. » Il comptait les amener la semaine d'après à la gare pour essayer de faire une réservation de train par ordinateur.

Il arrivait à Incarnation Perez, certains dimanches insupportables dans son logement de fonction bien rangé, de se demander si elle était vivante ou morte. Parfois, elle avait vraiment l'impression de déambuler dans son propre tombeau. Elle aurait pu téléphoner, mais elle n'avait pas d'amis. Elle aurait pu nettoyer sa maison mais c'était déjà impeccable. D'une façon ou d'une autre, les jours de la semaine passaient, mais le dimanche était épouvantable.

Hubert Noël s'arrangeait aussi pour survivre aux jours d'école, mais faire face aux congés devenait difficile depuis la mort de sa femme. Ses enfants, ses petits-enfants vivaient dans d'autres régions et même dans d'autres pays. Il avait quatre enfants et onze petits-enfants. Il était content qu'ils vivent leur vie comme lui avait essayé de vivre la sienne. Ils se téléphonaient, ils s'écrivaient. Les enfants encourageaient leur père à acheter un ordinateur et à se mettre à la communication électronique. Mais ça ne lui disait rien. Et, du coup, il pensait à cette Incarnation Perez. Elle l'avait laissé tranquille depuis la séance dans son bureau. Ils s'évitaient mutuellement. Et même si quelques parents étaient étonnés par ses méthodes pédagogiques, car ils craignaient que leurs enfants ne soient pas au niveau en sixième, ils étaient trop intelligents pour aller se plaindre à cette directrice.

Le trafic de jokers s'était calmé et, au goût d'Hubert Noël, les jokers dormaient trop tranquillement dans les cartables. Les élèves n'avaient pas besoin du JOKER POUR NE PAS ÉCOUTER LA LEÇON car les leçons étaient trop intéressantes. Ils n'avaient pas besoin du JOKER POUR NE PAS VENIR À L'ÉCOLE, ils avaient trop envie de venir à l'école. M. Noël leur rappela : «N'oubliez pas qu'on a des jokers dans la vie. Tout joker que vous n'aurez pas utilisé mourra avec vous.»

C'est alors, pendant la récréation et d'un commun accord, qu'ils décidèrent de profiter ensemble d'un des jokers.

Le maître était en train de distribuer l'un de ses cadeaux quotidiens, en l'occurrence une feuille d'interro.

Lui-même ne sut plus ce qui lui arrivait. Un cataclysme. Ses oreilles

bourdonnaient. La directrice accourut. Les élèves avaient utilisé LE JOKER POUR FAIRE DU BRUIT.

Et pour ajouter au bruit, Mme Perez hurla un «Monsieur Noël!» à vous écorcher les tympans. «DANS MON BUREAU tout de suite!»

Elle ne dit rien aux élèves. C'est le maître qui est responsable pour ses élèves.

Avant d'y aller, il mendia auprès de Bénédicte l'un de ses jokers. Car, cette fois, Hubert Noël avait peur.

Incarnation Perez se tenait juste derrière la porte de son bureau, mijotant une forme d'humiliation adaptée. Elle vit la carte se glisser sous la porte. Elle ne voulait pas s'abaisser à la ramasser mais sa curiosité triompha.

Elle entendit s'éloigner les pas de

sa proie et elle lut : «JOKER POUR NE PAS FAIRE DE PUNITION. »

À son retour dans la classe, les élèves avaient préparé une autre surprise. Ils avaient installé une chaise au milieu de la classe et ils faisaient la queue devant la chaise vide. C'est Charles qui invita le maître à s'asseoir. Chacun avait un joker en main. Un à un, ils firent deux bisous sur les joues de M. Noël contre ce joker précieux. Pour le consoler, pour se consoler, il n'y a rien de tel qu'un baiser.

«Cinquante-quatre baisers ! lui dit Serge qui avait compté.

— Ah, les baisers ça ne se compte pas ! » dit le père Noël.

Personne ne remarqua
Incarnation Perez à
la porte. Elle
repartit un peu
triste… elle
aurait bien aimé
recevoir un bai-
ser, elle aussi.

Les élèves
avaient décou-
vert que c'était
bien plus drôle
de dépenser
un joker
ensemble en
bloc et c'est pour ça que M. Noël se
trouva devant une classe fantôme, à
l'exception de Charles qui avait déjà

dépensé son JOKER POUR NE PAS ALLER À L'ÉCOLE. Charles, d'ailleurs, n'avait plus de jokers. Il les avait tous dilapidés.

M. Noël lui proposa de jouer aux échecs.

«Je ne sais pas jouer, maître.

– C'est pour ça que tu viens à l'école. Je vais t'apprendre.»

Incarnation Perez rôdait, obser-
vait, espionnait. Indignée et un peu
jalouse, elle décida d'entreprendre
des démarches pour se débarrasser
d'Hubert Noël.

Après la cantine, le maître invita
Charles à inventer avec lui un nouveau jeu de jokers. Il ne lui avoua pas
qu'il voulait l'offrir à Incarnation,
mais il proposa d'autres sortes de
jokers.

UN JOKER POUR SOURIRE.

Charles enchaîna avec

UN JOKER POUR RIRE
et
UN JOKER POUR RACONTER UNE BLAGUE.

Ensemble, ils firent une liste :

« UN JOKER POUR SE FAIRE PLAISIR

UN JOKER POUR FAIRE LA FÊTE

UN JOKER POUR CRIER "CHAMPIONS DU
  MONDE !"

UN JOKER POUR UN BAIN MOUSSANT

UN JOKER POUR UN BAIN DE SOLEIL

UN JOKER POUR DIRE MERDE

UN JOKER POUR POSER UNE QUESTION
  INDISCRÈTE

UN JOKER POUR UN CAPRICE

UN JOKER POUR INVITER LES AMIS

UN JOKER POUR ORGANISER UN
  PIQUE-NIQUE

UN JOKER POUR UNE PROMENADE
  AU BORD DE LA MER

UN JOKER POUR UNE RANDONNÉE
  EN MONTAGNE

Un joker pour inventer un couplet

Un joker pour faire un tour de manège. »

C'est Charles, qui avait une grand-mère comme ça, qui voulut ajouter :

« Un joker pour aider l'humanité

Un joker pour embrasser un vieux

Un joker pour visiter un malade. »

Charles et le maître passèrent l'après-midi à fabriquer ce jeu de jokers en plusieurs exemplaires. Hubert Noël était tellement content de cette nouvelle création de jokers qu'il en garda un jeu dans sa poche. Avant de quitter l'école, il tira la carte joker pour se faire plaisir. Il s'arrêta net, réfléchit et se rendit compte que c'était encore une de ces choses qui est plus facile à dire qu'à faire. Et puis, il décida de s'offrir un bon repas au restaurant Couscous Royal. C'était avant qu'Incarnation ne lui tombe dessus et qu'il perde l'appétit.

« C'est inadmissible ! Vingt-six élèves d'une même classe absents ! J'ai appelé les parents et ils m'ont tous raconté la même chose : une histoire abracadabrante de jokers et d'absence autorisée. Par qui ? »

Le maître allait dire quelque chose, mais elle ne lui en donna pas l'occasion.

« Vos prétendues méthodes sont lamentables. Vous démolissez les

chances de ces enfants. Vous détrui-
sez les bons résultats de mon établis-

sement. Je ne tolérerai plus votre
anarchie. Vous ne formerez pas des
anarchistes ! »

Le maître ne put s'empêcher de sourire. Mais son sourire n'eut aucun effet sur sa directrice — lui qui aurait aimé aider l'humanité en l'aidant à se dégeler. En fait, il voulait l'inviter à manger le couscous avec lui. Au lieu d'aller au bout de sa pensée, il lui offrit le jeu de jokers qu'il avait dans sa poche et il s'enfuit.

Et, en fin de compte, il n'alla pas au restaurant. Il mangea le reste des pâtes de la veille et il s'endormit devant la télé.

La vie lui soufflait des idées.

«On va faire quelque chose de très important aujourd'hui. On va faire un pacte.»

Les élèves furent impressionnés.

«D'abord on va faire le tour de la classe et vous allez me dire ce que vous avez fait hier soir.»

À vingt-sept reprises la réponse fut: «J'ai regardé la télé.

— Très bien. Maintenant vous allez écrire ce que vous avez vu, faire un petit résumé et une évaluation: bien, moyen, nul.

— Je ne me rappelle pas, monsieur! répondit en chœur la classe.

— Bon, essayez de vous souvenir si c'était bien.»

Il ramassa les feuilles et compta les évaluations qu'il écrivit sur le tableau:

2 super
2 bien

4 nul
8 oublié
11 moyen.

« Moi-même, je me suis endormi tellement c'était passionnant. Alors si la grande majorité est d'accord pour admettre que les programmes sont moyens, est-ce qu'on ne ferait pas mieux de s'en passer ? »

Les élèves ne voyaient pas où il voulait en venir.

« Je veux vous proposer un pacte : choisissez un soir par semaine pendant lequel vous ne regarderez pas la télé. »

On aurait dit qu'il avait poignardé le pauvre Charles, qui avait sa télé à lui dans sa chambre.

«Ce n'est pas possible, monsieur.

– On peut essayer?»

Tout le monde signa le pacte, sauf Charles.

Le maître n'arrêtait pas d'avoir des idées. Bon, toutes les idées n'étaient pas du goût de tout le monde – le pacte télé, par exemple. Mais tout le monde aimait l'effet de surprise de ses idées les plus saugrenues. Et tout le monde était d'accord pour penser qu'Hubert Noël avait le punch d'un jeune maître, tout le monde sauf… Incarnation Perez!

L'une des innovations de M. Noël était une sorte de boîte à lettres – la boîte à discussions – où les élèves étaient censés déposer des sujets à

creuser pendant leur forum hebdo-
madaire.

Tous les vendredis, un élève tirait
un sujet au hasard. Ce jour-là, Bénédicte déplia la feuille et rougit
jusqu'au blanc des yeux. Elle n'arri-

vait pas à prononcer le mot inscrit.
Elle toussota, se racla la gorge, eut un
fou rire, mais resta muette. Maamar
vint à sa rescousse, mais il fit la carpe
aussi. Le papier fit le tour de la classe

comme une pomme de terre brû-
lante que l'on se passe de main en
main.

Finalement il tomba sur Charles,
qui n'eut aucun mal à lire le sujet
avec un dédain évident pour les
autres : « Faire l'amour ! »

De nouveaux gloussements se-
couèrent la classe.

« Mais qu'est-ce qui vous prend ?
demanda le maître.

— C'est dégoûtant, monsieur, dit
Laurent.

— Je ne vois pas en quoi, Laurent. »

La porte s'ouvrit au moment où
le père Noël s'exclamait : « Aucun
de vous ne serait là si vos parents
n'avaient pas fait l'amour ! »

Les yeux d'Incarnation Perez s'écarquillèrent. Elle hurla : « Monsieur Noël, suivez-moi ! »

Il n'y avait pas de JOKER POUR NE PAS SUIVRE LA DIRECTRICE.

La lame de la guillotine tomba vite. Mme Perez remit à l'instituteur la lettre qu'elle avait reçue le matin même, une lettre qui satisfaisait sa demande de ne pas renouveler les fonctions d'Hubert Noël, qui serait enfin obligé de prendre sa retraite.

Hubert Noël fut terrassé.

Il retourna dans sa classe la tête haute. S'il se déclarait vaincu en ce qui concernait Incarnation Perez, il était encore le maître de son CM2 jusqu'au dernier jour d'école.

Les élèves furent mis au courant des problèmes du maître.

La semaine précédant les grandes vacances, M. Noël fit une grimace

aux élèves, auxquels il adressa la question suivante : « Qui pensez-vous que j'admire le plus : celui qui s'est servi de ses jokers ou celui qui les a gardés dans le cartable ? »

Bérangère, fière de son stock constitué grâce au juteux trafic de jokers, leva la main.

« Celui qui ne les a pas dépensés, monsieur.

– Tu n'y es pas du tout ! Si je vous ai donné ces jokers, c'était pour en profiter ! Maintenant c'est trop tard ! »

Un silence recouvrit la classe, silence peut-être peuplé de regrets.

« Quand on naît, on a automatiquement des jokers. Quels sont ces jokers ? »

Charles, le plus fin connaisseur en matière de jokers, cria : « Le joker pour vivre.

– Oui! dit le maître, et quoi encore?

– LE JOKER POUR MARCHER, dit Laurent.

– LE JOKER POUR PARLER, copia Bérangère.

– LE JOKER POUR APPRENDRE À LIRE.

– LE JOKER POUR APPRENDRE LES LANGUES. »

Tout le rang de Bénédicte continua avec des jokers pour apprendre l'histoire, la géo, la biologie et tous les domaines du savoir.

« LE JOKER POUR LE SPORT, dit Laurent avec amertume.

– LE JOKER POUR AIMER, ajouta rêveusement Bénédicte.

– LE JOKER POUR ÊTRE HEUREUX.

— Le joker pour pleurer.

— Le joker pour décider. »

Charles ne put s'empêcher d'apporter sa contribution : « Le joker pour parler d'amour.

— Oui, je pense que vous avez compris, maintenant. Notre naissance nous a donné tous ces jokers. Il vaut mieux les dépenser ! Demain on va faire une fête d'anniversaire collectif pour célébrer la vie et ses jokers. Je me charge du gâteau. »

C'est Charles, encore, qui eut l'idée du cadeau pour le maître. C'était une idée risquée.

Hubert Noël offrit un dernier cadeau à chacun de ses élèves : un cahier blanc sur lequel il avait écrit : « Joker pour raconter ma vie ».

Charles lui offrit alors une enveloppe gigantesque. Le maître l'ouvrit et lut ce qui était écrit à l'encre d'or :

Un joker pour
une retraite
heureuse
et méritée.

Le maître rit de bon cœur et dit avant d'embrasser tous ses élèves : «Oui, il y a un temps pour tout.»

À la fin de la dernière semaine, il ramassa son joker, quitta l'école sans un mot à Incarnation Perez et alla tout droit au Couscous Royal.

Du même auteur à *l'école des loisirs*

Dans la collection Mouche

A, B,… C.P.
L'autographe
Le fiancé de la maîtresse
Halloween Crapaudine
Un jour, mon prince grattera
La liste des fournitures
Même les princesses doivent aller à l'école
Un papa au piquet
Les potins du potager
Sa majesté la maîtresse

Dans la collection Neuf

Alibi
C'est pas juste
Les deux moitiés de l'amitié
Europe Alibi
Lettres d'amour de 0 à 10
Privée de bonbecs
La sixième
Toqués de cuisine
Le vampire du C.D.I.